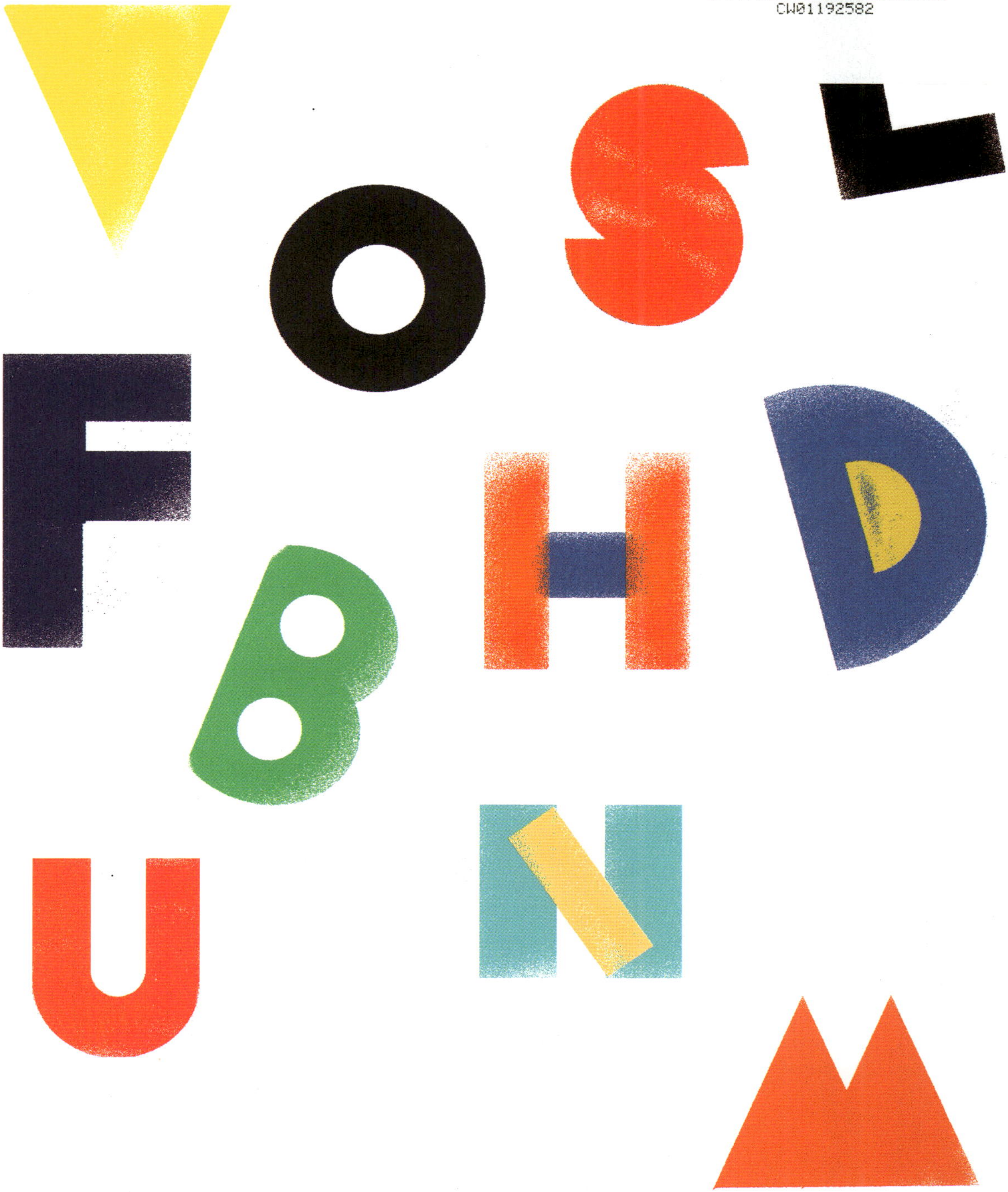

Título original: DALLA A ALLA Z
Textos extraídos de: *Versi e storie di parole, Favole al telefono, Il libro degli errori, Fiabe lunghe un sorriso, Filastrocche per tutto l'anno, Venti storie più una, Filastrocche lunghe e corte, Il secondo libro delle filastrocche, Prime fiabe e filastrocche, Filastrocche in cielo e in terra.*

© 1980, Maria Ferretti Rodari y Paola Rodari
© 2016, Edizioni EL, San Dorligo della Valle (Trieste)
Traducción: Eleonora González Capria
Ilustraciones: Chiara Armellini

© De esta edición:
 2018, Santillana Infantil y Juvenil, S. L.
 Avenida de los Artesanos, 6. 28760 Tres Cantos (Madrid)
 Teléfono: 91 744 90 60

ISBN: 978-84-9122-703-8
Depósito legal: M-32.302-2017
Printed in Spain - Impreso en España

Primera edición: abril de 2018

Directora de la colección:
Maite Malagón
Editora ejecutiva:
Yolanda Caja
Dirección de arte:
José Crespo y Rosa Marín
Proyecto gráfico:
Marisol del Burgo, Rubén Chumillas, Julia Ortega y Álvaro Recuenco

Cualquier forma de reproducción, distribución,
comunicación pública o transformación de esta obra
solo puede ser realizada con la autorización de sus titulares,
salvo excepción prevista por la ley. Diríjase a CEDRO
(Centro Español de Derechos Reprográficos, www.cedro.org)
si necesita fotocopiar o escanear algún fragmento de esta obra.

Gianni Rodari

ILUSTRACIONES DE Chiara Armellini
TRADUCCIÓN DE Eleonora González Capria

Versión adaptada para la edición española

DE LA

A

A LA

Z

loqueleo

Retahíla del abecedario   7

El país con *anti* delante   10

Un hombre de buen carácter   12

El pobre *achorro*   14

La guerra de las campanas   16

Los bigotes del señor Egisto   20

El *ilo*   24

El profesor y la bomba   26

Había una vez   28

El puntito de fuego   30

El árbitro Justino   32

Comunicado extraordinario   34

La palabra *llanto*   36

Un tipo de Macerata   38

Nino y Nina   40

Qué quiero ser cuando sea grande   52

En la playa de Ostia 54

Palabras nuevas 58
La torre inclinada 60
El ladrón de erres 62
La ensalada errada 64
Tomás, el infeliz 66
¡Ayuda! 68
La tos del volcán Vesubio 70
La casa del señor Wenceslao 72

Excelente más dos 74
Tanto sufrimiento para nada 76
El señor Zeta 78
La tragedia de una coma 80
El dictador 82
El matrimonio Punto-y-coma 83
El signo de interrogación 84
Por culpa de un acento 86
El caso de un paréntesis 88

Lamento decimal 90

Nota de la traductora

El alfabeto de la lengua italiana es diferente al de la lengua castellana. Las letras J, K, Ñ, W, X e Y no son propias del italiano, y se utilizan muy raramente, por lo general, en palabras de origen extranjero. La letra H es muda y encabeza solo unas pocas palabras.

Esta es la razón por la que esta retahíla del abecedario no incluye todas las letras de nuestra lengua.

Retahíla del abecedario

Retahíla del A B C,
la cuento no sé por qué:
A es el auto y su automovilista,
B es la broma del bromista,
C, el conductor de una calesa,
D es el dique en la represa,
E, la escalera hasta el altillo,
F es el filo del cuchillo,
G es el gato con su ovillo,
I es el imán para papeles,
L, la liebre y los lebreles,
M es el mar con su marea,
N, la niebla que rodea,
O, las ocho de la mañana,
P, el plato de porcelana,
Q es el queso para roedores,
R, la radio y sus radioyentes,
S es el sol ardiente,
T, obviamente, es de televisores
y de televidentes,

U es la urraca que cuida el nido,
V es el vagón en recorrido
y la Z es la letra rezagada
que marca el fin de esta tonada.

[de *Versi e storie di parole*]

9

El país con *anti* delante

Juanito Pierdedías era un viajante incansable. Viaja que te viaja, fue a parar al país con *anti* delante.

—¿Pero qué clase de país es este? —le preguntó a un ciudadano que tomaba aire a la sombra de un árbol.

El ciudadano, como única respuesta, sacó del bolsillo un sacapuntas y se lo mostró sobre la palma de su mano.

—¿Ve esto?

—Es un sacapuntas.

—Se equivoca. Es un antisacapuntas, o sea, un sacapuntas con *anti* delante. Sirve para hacer crecer de nuevo los lápices, cuando están gastados, y es muy útil en la escuela.

—Magnífico —dijo Juanito—. ¿Y qué más?

—También tenemos el antirropero.

—Querrá decir el ropero.

—El ropero no sirve de mucho, si uno no tiene ropa que guardar. Con nuestro antirropero todo es distinto. No hace falta guardar nada, ya está todo dentro. Si necesita un abrigo, va y lo busca. Si necesita una chaqueta, ni siquiera hace falta que la compre: va al antirropero y se la pone.

Hay antirropero de verano y de invierno, para la dama y el caballero. Así nos ahorramos mucho dinero.

—Una auténtica genialidad. ¿Y qué más?

—Además, tenemos la máquina antifotográfica, que en lugar de sacar fotos hace caricaturas, así da risa. Tenemos también el anticañón.

—Brrr, qué miedo.

—Al contrario. El anticañón es lo opuesto al cañón, y sirve para terminar la guerra.

—¿Y cómo funciona?

—Es muy fácil, lo puede usar hasta un niño. Si hay guerra, tocamos la antitrompeta, disparamos el anticañón y enseguida se acaba la guerra.

Qué maravilla el país con *anti* delante.

[de *Favole al telefono*]

Un hombre de buen carácter

Félix Corazoncontento,
carpintero de talento,
es un genuino tesoro,
tiene un carácter de oro:
muy pacífico y paciente,
considerado y atento
con toda clase de gente.
¿Su secreto? Yo os lo cuento
con la palabra concreta:
como se agarra *ravietas*
con uve, que es más bajita,
a nadie irrita
y no hay resentimiento.
A causa de un error
de ortografía
con todos vive en paz
y en armonía.

[de *Il libro degli errori*]

13

El pobre *achorro*

Si visitan Florencia,
verán seguramente
a aquel pobre *achorro*
del que habla la gente.

Le falta la cabeza,
cachorro desvalido.
No saben con certeza
por dónde da ladridos.

Le comieron, se dice,
la cabeza al canino.
(La c es una delicia
para los florentinos)[1].

Pero es un perro dulce,
nunca jamás se queja,
a todo el que se le cruce
le mueve el rabo y festeja.

¿Cómo come? Señores,
no sean tan preguntones:
formas de subsistir
existen a montones.

Que vivir sin cabeza
no es lo peor de todo:
mucha gente la tiene
y no la usa de ningún modo.

[de *Il libro degli errori*]

La guerra de las campanas

Hubo una vez una guerra, una gran guerra terrible, que hizo morir a muchos soldados de un bando y del otro. Nosotros estábamos aquí y nuestros enemigos estaban allá, y nos disparábamos noche y día, pero la guerra era tan larga que en un momento empezó a faltar el bronce para fabricar cañones, el hierro para hacer bayonetas, etcétera.

Nuestro comandante, el extrageneral Fanfarrón Disparón Pisarretumbón, nos ordenó que bajáramos las campanas de los campanarios y las fundiéramos todas juntas para forjar un cañón enorme: uno solo, pero lo suficientemente grande como para ganar la guerra de una vez y con un solo disparo.

Para levantar aquel cañón se necesitaron cien mil grúas; para transportarlo hasta el frente, noventa y siete trenes. El extrageneral se frotaba las manos de contento y decía:

—Cuando mi cañón dispare, los enemigos saldrán huyendo hasta la Luna.

Entonces, llegó el gran momento. El cañonísimo apuntaba a los enemigos. Nosotros nos habíamos llenado los oídos de algodón, porque del estruendo se nos podían romper los tímpanos y la trompa de Eustaquio.

El extrageneral Fanfarrón Disparón Pisarretumbón ordenó:

—¡Fuego!

Un artillero disparó. Y, de repente, se oyó un campanilleo descomunal de un extremo al otro del frente:

—¡Din! ¡Don! ¡Dan!

Nosotros nos sacamos el algodón de los oídos para oír mejor.

—¡Din! ¡Don! ¡Dan! —tronaba el cañonísimo.

Y cien mil ecos coreaban por montes y valles:

—¡Din! ¡Don! ¡Dan!

—¡Fuego! —gritó el extrageneral por segunda vez—. Fuego, ¡por todos los santos!

El soldado de artillería disparó de nuevo y un alegre concierto de campanas viajó otra vez de trinchera en trinchera. Parecía que todas las campanas de nuestra patria redoblaban juntas. El extrageneral se arrancaba los cabellos de la rabia y siguió arrancándoselos hasta que le quedó uno solo.

Después, hubo un instante de silencio. Y fue entonces cuando, desde el frente opuesto, respondió, como si fuera una señal, un melodioso y ensordecedor:

—¡Din! ¡Don! ¡Dan!

Porque deben saber que el comandante de los enemigos, el matariscal Von Fanfarronen Disparronen Pisarretunvon, también había tenido la idea de fabricar un cañonísimo con las campanas de su país.

—¡Din! ¡Don! ¡Dan! —tronaba nuestro cañón.

—¡Din! ¡Don! ¡Dan! —respondía el de los enemigos.

Y los soldados de los dos ejércitos saltaban de las trincheras, corrían a encontrarse, bailaban y gritaban:

—¡Las campanas, las campanas! ¡Es una fiesta! ¡Ha estallado la paz!

El extrageneral y el matariscal se subieron a sus automóviles y condujeron bien lejos, a toda velocidad, hasta que se les acabó el combustible, pero el son de las campanas todavía los perseguía.

[de *Favole al telefono*]

Los bigotes del señor Egisto

El señor Egisto es infeliz porque no le crecen los bigotes. ¿Qué puede hacer?

Todos los señores de su edificio tienen bigotes. Hasta hay mujeres gordas que tienen bigotes, pero el señor Egisto, no.

«Me gustaría tener uno, aunque sea –piensa tristemente el señor Egisto–, aunque sea un bigotito diminuto, de un solo lado. Aunque sea la mitad, medio bigote, diminuto como un lunar».

Piensa que te piensa, tanta fuerza tiene el pensamiento del señor Egisto que el bigote le crece en serio. Eso sí, le crece solo de un lado. Ver al señor Egisto con medio bigote causa una impresión extraña, porque todos tienen uno.

De un lado, la boca queda sepultada bajo la serpiente negra del bigote. Del otro, la piel del señor Egisto es suave como la de un bebé.

—Ahora doy risa —dice el señor Egisto mirándose al espejo—. Me gustaría que me creciera también la otra mitad para tenerlo completo.

Piensa que te piensa, le crece también la otra mitad. El señor Egisto está tan contento que jura que nunca jamás se lo afeitará.

Pasa el tiempo y los bigotes crecen, están cada día más largos, le cubren la boca, la barbilla y el pecho.

Al señor Egisto le cuesta mucho comer. Antes de las comidas, se ata los bigotes sobre la cabeza para despejar la boca.

Atados en la cabeza, los bigotes del señor Egisto parecen dos trenzas.

Al final, los bigotes son tan largos que el señor Egisto se los tiene que guardar en los bolsillos, o no puede caminar. La mitad derecha va a parar al bolsillo derecho. La mitad izquierda, al bolsillo izquierdo.

De vez en cuando, el señor Egisto usa sus bigotes para armar paquetes: no hay cordel que resista más. Cuando monta un caballo, los bigotes le sirven de riendas.

Su esposa le dice, de vez en cuando:

—Egisto, préstame tus bigotes, que debo tender la ropa mojada.

El señor Egisto se instala tranquilo en el balcón, su esposa ata los bigotes a una barra y así obtiene dos magníficas cuerdas para colgar la ropa. Mientras se seca la ropa, el señor Egisto lee el periódico.

Todos los señores y las señoras del vecindario salen al balcón para ver los bigotes del señor Egisto. Las señoras les dicen a sus maridos:

—Por lo menos así los bigotes sirven para algo, si no ¿qué valor tienen dos comas bajo la nariz?

Esta es la historia de los bigotes del señor Egisto.

[de *Fiabe lunghe un sorriso*]

El *ilo*

Había una vez un pobre *ilo*
que para ser un *filo* entero,
un *filo* de cuchillo verdadero,
necesitaba la *f*:
una goma pirata
era culpable de la errata.

El desdichado así ya no cortaba
ni carne cruda
ni carne cocida:
no cortaba siquiera el agua hervida.
Estaba al fondo del cajón, gastado,
sufriendo el mal del oxidado.

Por suerte, lo encontró un afilador
que de chiquito había
estudiado muy bien la ortografía:
devolvió la *f*, le dio brillo,
y lo mandó por todo el mundo
en su cuchillo
a cortar a lo largo y lo profundo.

Así que estad atentos, os lo ruego:
no toquéis la *f*,
o, por venganza,
es capaz de cortaros algún dedo.

[de *Filastrocche per tutto l'anno*]

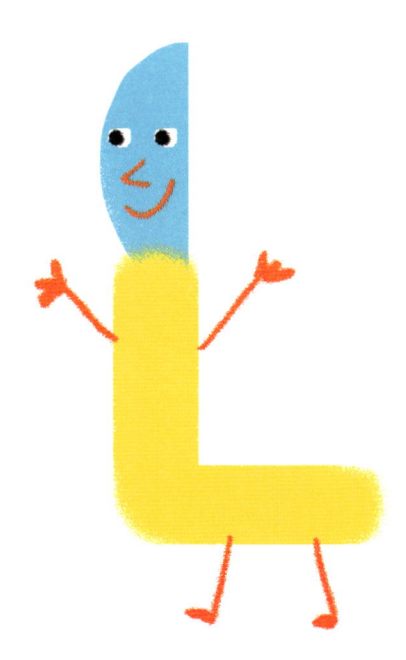

El profesor y la bomba

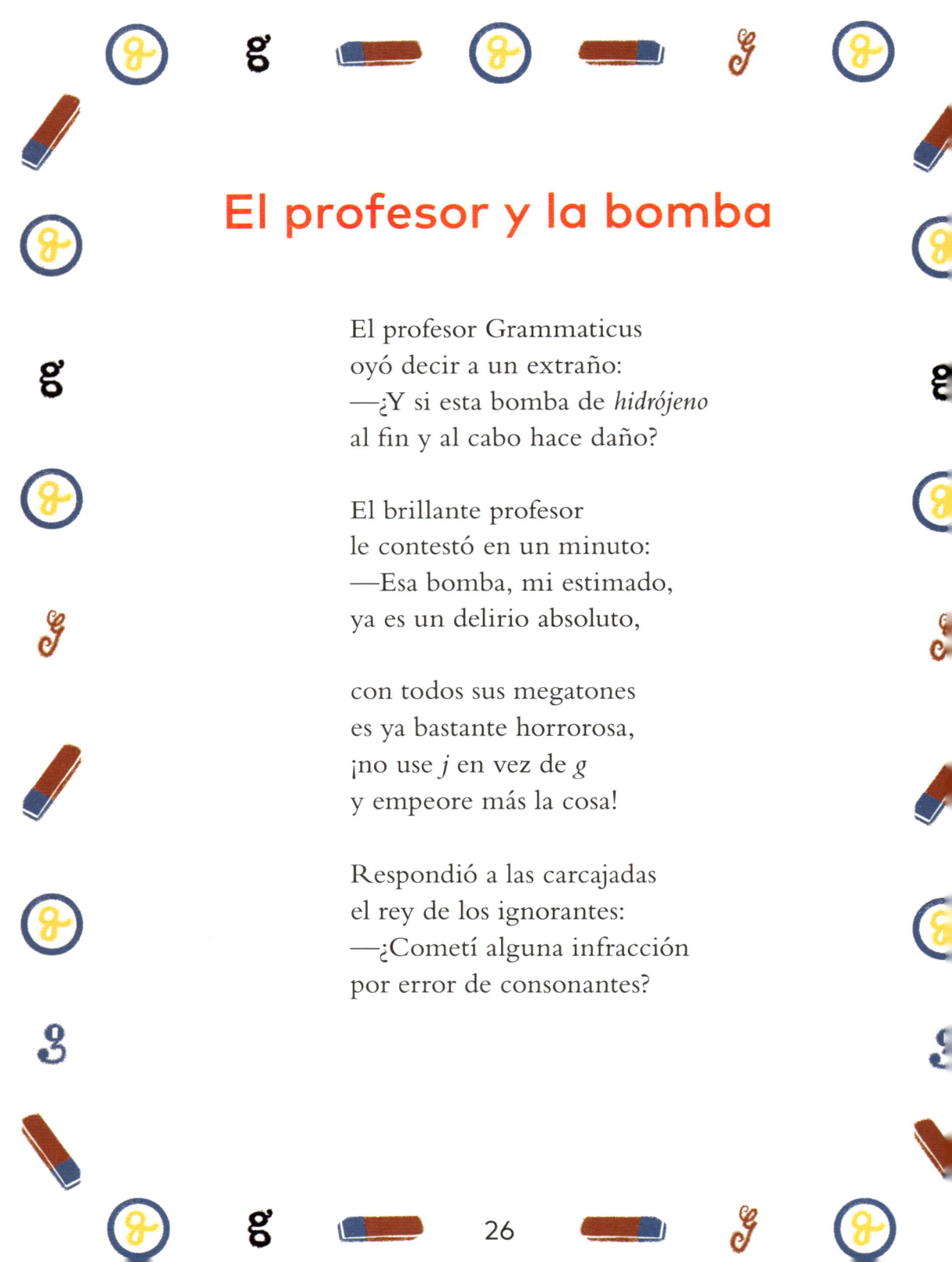

El profesor Grammaticus
oyó decir a un extraño:
—¿Y si esta bomba de *hidrójeno*
al fin y al cabo hace daño?

El brillante profesor
le contestó en un minuto:
—Esa bomba, mi estimado,
ya es un delirio absoluto,

con todos sus megatones
es ya bastante horrorosa,
¡no use *j* en vez de *g*
y empeore más la cosa!

Respondió a las carcajadas
el rey de los ignorantes:
—¿Cometí alguna infracción
por error de consonantes?

—No, señor, que no se juega
con semejante materia:
la ortografía y la química
son una cosa muy seria.

Al antiguo gas hidrógeno
pídale perdón ahora,
y borre ya de su nombre
esa letra usurpadora.

Después, con la misma goma,
¿adivina lo que haremos?
Todas las bombas H
de la Tierra borraremos.

[de *Il libro degli errori*]

Había una vez

—Había una vez una niña que se llamaba Caperucita Amarilla.

—No, ¡Roja!

—Ah, sí, Caperucita Roja. Su mamá la llamó y le dijo: «Escucha, Caperucita Verde…».

—Pero no, ¡Roja!

—Ah, sí, Roja. «Ve a casa de la tía Edelmira a llevarle estas mondas de patata».

—No: «Ve a casa de la abuela a llevarle este pan».

—Eso. La niña fue al bosque y se encontró con una jirafa.

—¡Qué enredo! Se encontró con un lobo, no una jirafa.

—Y el lobo le preguntó: «¿Cuánto es seis por ocho?».

—Nada que ver. El lobo le preguntó: «¿Adónde vas?».

—Es verdad. Y Caperucita Negra respondió…

—¡Caperucita Roja, Roja, Roja!

—Sí, y respondió: «Voy al mercado a comprar salsa de tomate».

—Ni por casualidad: «Voy a casa de la abuela, que está enferma, pero no sé cómo llegar».

—Exacto. Y el caballo le dijo…

—¿Qué caballo? Era un lobo.

—Claro, claro. Y entonces le dijo: «Toma el tranvía número setenta y cinco, bájate en la plaza de la catedral, dobla a la derecha y allí verás tres escalones y una moneda en el suelo; no prestes atención a los tres escalones, levanta la moneda y cómprate un chicle».

—Tú no sabes contar cuentos, abuelo, siempre te equivocas. Pero igualmente puedes comprarme el chicle…

—Está bien, toma una moneda.

Y el abuelo siguió leyendo el periódico.

[de *Favole al telefono*]

El puntito de fuego

Había una vez una *i* sin puntito:
se lo había volado
un viento atolondrado
pensando que era un sombrerito.
Después de haber quedado así
sin cabeza,
fue enorme la tristeza
de aquella pobre *i*,
delante de los primos y hermanos ricachones,
todos con sus puntitos por millones.

Pero una pluma roja
que andaba por ahí
le dio un punto de fuego,
rojo como un rubí,
tan lindo y reluciente
que puso verdes de la envidia
a todos sus parientes.

[de *Filastrocche in cielo e in terra*]

El árbitro Justino

El árbitro Justino es inapelable, como todos los árbitros. Incluso cuando se equivoca, hay que respetarlo y obedecerlo de inmediato.

Qué gran responsabilidad.

Hoy no tiene un buen día. Su silbato canta sin sentido, y trastorna a la multitud y a los jugadores.

En este momento, en vez de un «saque de esquina», el silbato del árbitro Justino ha marcado un «saque de equina».

—¿Y cómo hacemos? —preguntan los del otro equipo.

—Arregláoslas —dice el árbitro.

El jugador debe subirse a una yegua para patear la pelota. Apenas la roza con la pata, la pelota salta por encima de la tribuna, se pierde en el cielo y hay que poner una nueva en el campo.

Se reanuda el juego y, durante unos minutos, todo marcha sobre ruedas. Después, el horrible silbato del señor Justino marca un «pemalti». Encima, esta vez, contra nosotros.

—¿Quiere decir un «penalti», con *n*? —preguntan nuestros jugadores, desesperados.

—Lo dicho, dicho está —responde Justino—. Soy inapelable.

El «pemalti», con *m*, es un castigo espantoso, porque está compuesto por tres tiros de penalti, uno detrás del otro.

Los jugadores se arrodillan a los pies del árbitro, le besan la camiseta de seda negra, le lustran el silbato.

—Por favor, ¡cámbienos la consonante!

La hinchada grita:

—¡Vendido! Toma tu *m* y a otra parte.

Es sabido que la hinchada no razona. No se va al campo para razonar, sino para gritar. Pero el árbitro es sagrado. La multitud llora a coro, y las lágrimas bajan en cascada por la tribuna e inundan el campo de juego…

No hay nada que hacer. El «pemalti» nos cuesta tres goles. Adiós al partido, adiós a la copa. Algunos errores se pagan caro, sobre todo si son errores ajenos.

[de *Il libro degli errori*]

Comunicado extraordinario

Señoras y señores,
interrumpimos la transmisión
para darles un mensaje
que causará sensación:

nuestro planeta Mercurio
viene cayendo hacia acá,
le lanzaron, pareciera,
por error un misil *k*.

Merkurio (así se conoce
al pobre por esta causa)
está fuera de su órbita,
se aleja del Sol sin pausa

y está poniendo en peligro
el equilibrio interplanetario:
Saturno perdió el anillo,
la Luna no sale a horario.

Se busca con suma urgencia
un experto en ortografía
que pueda restablecer
las leyes de astronomía.

[de *Il libro degli errori*]

La palabra *llanto*

Esta historia no ha sucedido todavía, pero seguramente sucederá mañana. Dice así:

Mañana, una buena y vieja maestra, llevó a sus alumnos, en fila de dos, a visitar el Museo del Tiempo Que Fue, donde se encuentran reunidas las cosas de antaño que ya no sirven más, como la corona del rey, la cola del vestido de la reina, el tranvía de Monza[2], etcétera.

En una pequeña vitrina, un poco polvorienta, estaba la palabra *llanto*.

Los alumnos de Mañana leyeron el cartelito, pero no entendieron.

—Maestra, ¿qué quiere decir?

—¿Es una antigua joya?

—¿Puede que les perteneciera a los etruscos?

La maestra explicó que en el pasado esa palabra se usaba mucho, y hacía daño. Les mostró un frasquito que conservaba lágrimas: quizás, tal vez, las había derramado un esclavo azotado por su amo; tal vez, un niño sin hogar.

—Parece agua —dijo uno de los alumnos.

—Pero ardía y quemaba —dijo la maestra.

—¿Puede que la hicieran hervir, antes de usarla?

Los alumnos no entendían nada y hasta empezaban a aburrirse. Entonces, la buena maestra los llevó a recorrer otras secciones del museo, donde había cosas más fáciles de comprender, como las rejas de una prisión, un perro guardián, el tranvía de Monza, etcétera, todo aquello que en el feliz país de Mañana ya no existía.

[de *Favole al telefono*]

Un tipo de Macerata

A un tipo de Macerata
conocí la vez pasada,
amaestraba cocodrilos
y les daba mermelada.

Las Marcas[3], de todos modos,
son lugares muy tranquilos.
Mermelada hay por montones,
pero cero cocodrilos.

Aquel tipo iba de viaje,
por el campo y la montaña,
en busca de cocodrilos
para demostrar su maña.

Visitó Milán y Como,
Lucca, Ferrara y Belluno:
todos lugares hermosos,
pero cocodrilos, ni uno.

Todavía busca empleo,
viajando de lado en lado:
aunque tiene un gran oficio,
siempre está desocupado.

[de *Filastrocche in cielo e in terra*]

Nino y Nina

Un pobre hombre vivía con su familia en una fea casucha en las afueras de la ciudad. No tenía trabajo, su mujer estaba enferma y a menudo la despensa estaba vacía. Una noche acostó bien temprano a sus dos hijos, porque no tenía nada para darles de cenar, y se quedó a su lado a esperar que se durmieran. Nina, que era la más pequeña, se adormeció enseguida y entre sueños se movía como si estuviera teniendo una pesadilla. El más grande, Nino, no tenía sueño, pero igualmente cerró los ojos, para que su padre no supiera que estaba hambriento. El pobre hombre suspiró, volvió junto a su esposa y le dijo:

—No podemos seguir así, esos dos pequeños enfermarán por falta de comida, y ni siquiera podremos curarlos porque no tenemos dinero para pagar un médico. Mañana por la mañana, los llevaré a la ciudad a ver la catedral, y encontraré la forma de abandonarlos. Algún alma bondadosa se hará cargo de ellos.

La esposa enferma rompió a llorar muy muy fuerte.

—No llores —le dijo el marido— o se despertarán. Confía en mí, no hay nada más que podamos hacer. Es por su propio bien.

Pero Nino no dormía y lo había escuchado todo. Esperó a que sus padres apagaran la luz y a que todo estuviera en silencio, salió de puntillas de la casucha, cogió piedrecitas y se llenó con ellas los bolsillos del abrigo.

«Iré dejando las piedrecitas por la calle –pensaba–, igual que los niños de los cuentos que son abandonados en el bosque; así, Nina y yo encontraremos el camino a casa y mamá se pondrá contenta».

A la mañana siguiente, el padre despertó a Nino y Nina, poniendo cara de alegría y emoción:

—Arriba, arriba, que vamos a la ciudad a ver la catedral.

Los niños se vistieron deprisa, Nino se palpó los bolsillos y, como sintió las piedrecitas, no tuvo miedo.

Pero el padre, a modo de regalo antes de abandonarlos, había resuelto que tomarían el tranvía y gastó sus últimas monedas en los tres billetes. Era un día feo, caía una llovizna helada y la gente decía:

—Si para el viento, nieva.

Todas las ventanillas del tranvía estaban cerradas y Nino no pudo arrojar sus piedrecitas.

«Paciencia –pensó–, no debo perder de vista a papá. Dejaré que se aleje un poquito y lo seguiré sin que me vea».

—Mirad —decía mientras tanto el padre—, mirad qué maravilla, cuántos edificios, cuántos coches. ¡Es hermosa la ciudad!

Además de hermosa, era inmensa. Parecía que estaba a punto de terminar al final de la calle por la que avanzaba el tranvía con un ruido alegre, pero al fondo de esa calle empezaba otra, y luego otra más, y en todas las direcciones salían avenidas anchas y arboladas, y en cada avenida, en cada calle, en cada plaza había tranvías, automóviles, camionetas y gente, gente, gente por todas partes. ¿Cómo era posible que hubiera tanta gente en el mundo?

Nino y Nina miraban desde la ventanilla fascinados, con la boca abierta.

Finalmente, el padre les dijo que había que bajar y, justo allí enfrente, estaba la catedral, toda de mármol gris y brillante con la lluvia. En la parte de arriba, se veía una selva de pináculos, delgados y extraños árboles de mármol con las nubes del cielo por follaje.

Entraron en la catedral cogidos de la mano. Caminaron en silencio entre las columnas altas y misteriosas.

Las columnas también parecían formar un gran bosque y la mirada no alcanzaba a distinguir, en lo más alto, las ramas que se unían para sostener el cielo raso.

Nino le daba una mano a su hermanita y la otra a su padre, y sentía que la mano del padre apretaba la suya cada vez más fuerte. Después de un rato, el padre dijo:

—Bueno, esperadme aquí un ratito y mientras mirad esa estatua tan hermosa. Portaos bien y no tengáis miedo, enseguida regreso.

—Sí, papá —dijo Nina.

Nino no dijo nada; miró al padre, que le acariciaba el pelo, y se esforzó por sonreírle. Vio que se alejaba casi corriendo, se daba la vuelta, seguía caminando y se escondía detrás de una columna.

«Cuando salga de detrás de la columna –decidió Nino en silencio–, lo seguiremos».

Esperó y esperó, pero el padre no volvió a aparecer. Nino corrió hasta la columna arrastrando a su hermanita: el padre ya no estaba.

«Tal vez estuve vigilando la columna equivocada», pensó Nino.

Deambularon inútilmente de una columna a la otra, y por toda la inmensa nave de la catedral.

—Estoy cansada —dijo Nina de repente—. ¿Por qué papá no vuelve?

Nino la sentó en un banco, y la niña, después de un rato, apoyó la cabeza sobre las rodillas de su hermano y cerró los ojos.

«La dejaré dormir un poco –pensó Nino–; después saldremos a buscar el camino a casa».

Pero, cansado y nervioso, él también se durmió. Los despertó alguien que les dio una sacudida un poco brusca y una voz les dijo:

—¿Qué hacéis aquí? ¿Os creéis que la catedral es para dormir?

Abrieron los ojos al mismo tiempo y vieron a una viejecita envuelta en un gran chal negro. En su rostro arrugado, resplandecían espantosamente las gafas. Nina se echó a llorar. Nino se puso en pie, levantó a su hermana y la arrastró afuera.

—¿Adónde vais? ¡Venid aquí! —ordenó la viejecita, mientras los amenazaba con el dedo.

O tal vez no quería amenazarlos, tal vez quería darles una limosna nada más, pero los dos pequeños se fueron corriendo, asustados, y ella no pudo correr para alcanzarlos. Hizo un gesto de desaprobación con la cabeza, perpleja, y miró a su alrededor como buscando ayuda, pero solamente vio a un turista que leía un libro.

«Pequeños vagabundos», pensó la viejecita. Y se fue por su lado.

—¿Era la bruja? —le preguntó en ese momento Nina a su hermano, mientras los dos caminaban de la mano por las aceras repletas de personas.

—No —dijo Nino—, las brujas no viven en la ciudad.

—¿Adónde vamos? —siguió preguntando Nina.

—A casa.

—Pero para ir a casa hay que coger el tranvía —razonó la pequeña—. ¿Por qué no cogemos el tranvía?

—Porque no tenemos dinero.

—¿No podemos pedirle al dueño del tranvía que nos lleve gratis? Somos dos niños muy pequeños, ocupamos poco espacio.

—Hay muchos tranvías, no sé cuál tenemos que coger.

—¡Pero el dueño debe saberlo!

Durante horas y horas, vagaron por una jungla hostil de casas, entre el estruendo del tráfico, entumecidos y desconsolados. De vez en cuando, Nina sollozaba, se quejaba porque tenía hambre, frío, cansancio. Nino la hacía descansar unos minutos contra una pared, en el hueco de un portón, sentada en el estribo de un coche parado. Pero bastaba con que un guardia los viera en la distancia o un transeúnte los mirara con desconfianza para sacarlos del refugio provisional.

    Cerca del anochecer, empezó a nevar. Nino y Nina buscaron cobijo en un pasaje cubierto, entre dos callejones. Había un montón de cajitas de madera ahí dentro, bajo una bóveda de piedras húmedas y oscuras.

—Haremos una cabaña —dijo Nino. Y, al mover algunas cajas vacías, encontró dos más grandes que el resto, las juntó, las cubrió con otra caja y fabricó un pequeño refugio acogedor. Nina entró en una de las cajas, Nino en la otra. Pero estaban siempre cogidos de la mano, para darse valor. Nadie pasaba por ahí, la nieve había aplacado el ruido del tráfico; era como si se encontraran de verdad en una cabaña del bosque, y la noche caía a su alrededor, dulce y maternal a pesar de todo. Los dos niños cuchichearon un rato más y poquito a poco se fueron quedando dormidos.

Aquellas cajas pertenecían a un panadero, y justo al lado estaba la puerta de la panadería. Unas horas después de la medianoche, el panadero se levantó para hornear los primeros panes. Estaba de mal humor porque su ayudante se había despedido y tenía que hacer todo él solo: encender el fuego, amasar, hacer los panes, ponerlos en el horno.

A cierta hora tuvo que salir al pórtico a buscar algo. Le pareció oír un ruido extraño, como si alguien estuviera roncando despacito. Ese ruido era la respiración de Nina que, después de deambular todo el día, había pescado un buen resfriado.

—¿Quién hay ahí? —murmuró el panadero.

Nino, entre sueños, debió de haber oído su voz, porque se agitó y dio vueltas en la caja, y la golpeó con los zapatos.

—¿Quién anda ahí? —dijo más fuerte el panadero, echando mano a una barra de hierro.

Escudriñó en la oscuridad sin moverse. Después decidió mirar detrás de las cajas y descubrió a los dos niños dormidos. Se inclinó sobre ellos, con curiosidad. Nino fue el primero en despertarse. En la penumbra del pórtico vio, muy cerca de los suyos, los ojos oscuros y severos del panadero, sus grandes bigotes, su delantal blanco, y lanzó un grito. Con su grito se despertó también Nina, que asustada se echó a llorar y llamaba en voz alta:

—¡Mamá! ¡Mamá!

—Arriba, arriba —dijo el panadero, huraño—, ¡salid de ahí!

Nino obedeció primero, alentando dulcemente a su hermanita:

—Hagamos lo que dice, quizás no nos haga daño.

Nina estaba segura de que ese gigantón alto y robusto, que daba miedo, era el ogro en persona, pero no se atrevía ni a susurrar.

El panadero los llevó adentro, los sentó sobre un saco de harina medio vacío y se dio la vuelta para abrir el horno y controlar la temperatura.

Al ver las llamas, Nina abrazó a su hermano muy muy fuerte y le susurró al oído:

—¡No quiero que me meta al horno!

Nino no supo qué responderle; le dio una palmadita en la espalda con la mano y un beso en la cabeza, como tantas veces había visto hacer a papá y a mamá.

El panadero, de tanto en tanto, les dirigía la palabra, pero ellos estaban demasiado aterrorizados como para responderle. Abrió y cerró la puerta del horno varias veces, y cada una de las veces Nina pensó que se acercaba su fin. Pero el panadero trabajaba ya sin mirarlos. El lugar era cálido, tranquilo, y poquito a poco se iba difundiendo una fragancia extraordinaria, un aroma dulce y misterioso. Nino creyó reconocer aquel aroma, aquel perfume rico y familiar, pero no se atrevía a ponerle nombre. Los dos niños entonces se fueron calmando y miraban al panadero trabajar, siempre abrazados.

De repente, el gigantón fue hacia ellos. Tenía en las manos dos panes dorados, humeantes.

—¿Tenéis hambre? —preguntó—. Vamos, comed. Son solamente dos panecitos, no muerden.

Nino cogió uno de los panes y le dio el otro a la hermana; quemaban casi, y el perfume era tan intenso que daba dolor de cabeza.

Hacía mucho tiempo que no comían, y nunca en su vida habían probado un pan tan delicioso. Comieron esos dos panecitos, y después dos más, y otros dos más; el panadero no decía nada y, cuando veía que habían terminado, tomaba otros dos panes de una canasta.

—¿Pero cuándo fue la última vez que comisteis? —tronó después de haberle llevado seis panes a cada uno.

Entonces Nina comenzó a reír, y hasta se levantó de un salto y se puso a brincar por la panadería como una loca. Nino le sonrió al buen hombre, y pensó solamente: «Y nosotros que creíamos que era el ogro».

Cerca de las seis de la mañana, bajó la mujer del panadero para abrir el negocio; el marido le señaló a los dos niños y ella lo regañó porque no la había llamado enseguida.

—¿No ves que tienen fiebre?

—Sí —dijo el panadero—, tienen la fiebre glotona.

Pero la mujer del panadero no quería oír excusas; cogió a los dos niños, los llevó arriba y los acostó. Y todavía estaban en la cama cuando llegó el padre, que tras abandonarlos había regresado a buscarlos. Pero no los encontró, porque ya era demasiado tarde. Después no había hecho otra cosa que ir de una comisaría a la otra, en busca de información sobre sus hijos, hasta que al fin un oficial le había dado la dirección del panadero.

—Tenga cuidado —le dijo la mujer del panadero—, no los despierte. Llamé a la policía porque era mi deber, pero no dejé que los despertaran ni los oficiales. Y ahora tengo el derecho de escuchar toda la historia. Pase, venga aquí y cuénteme.

—¿Qué tengo que contarle? —preguntó el pobre hombre, espantado.

—Todo —sentenció la mujer del panadero.

El panadero también escuchó la historia, mientras se rizaba los bigotes. Al final dijo:

—Escuche, me quedé sin ayudante, no tengo quien haga el reparto a los clientes. Si le parece bien, es un trabajo como cualquier otro.

Entonces el pobre hombre se puso a llorar, y lloró además por todos los días que había tenido que tragarse las lágrimas para que su familia no las viera. Y aceptó aquel trabajo y recordó siempre que habían sido Nino y Nina los que lo habían ayudado a encontrarlo. Al igual que en los cuentos, los niños abandonados por sus padres regresan a casa con un tesoro.

[de *Venti storie più una*]

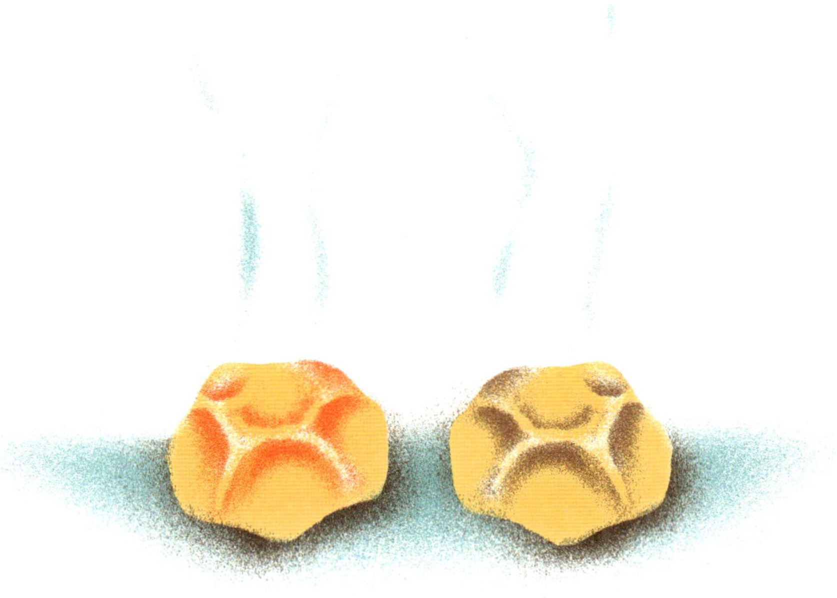

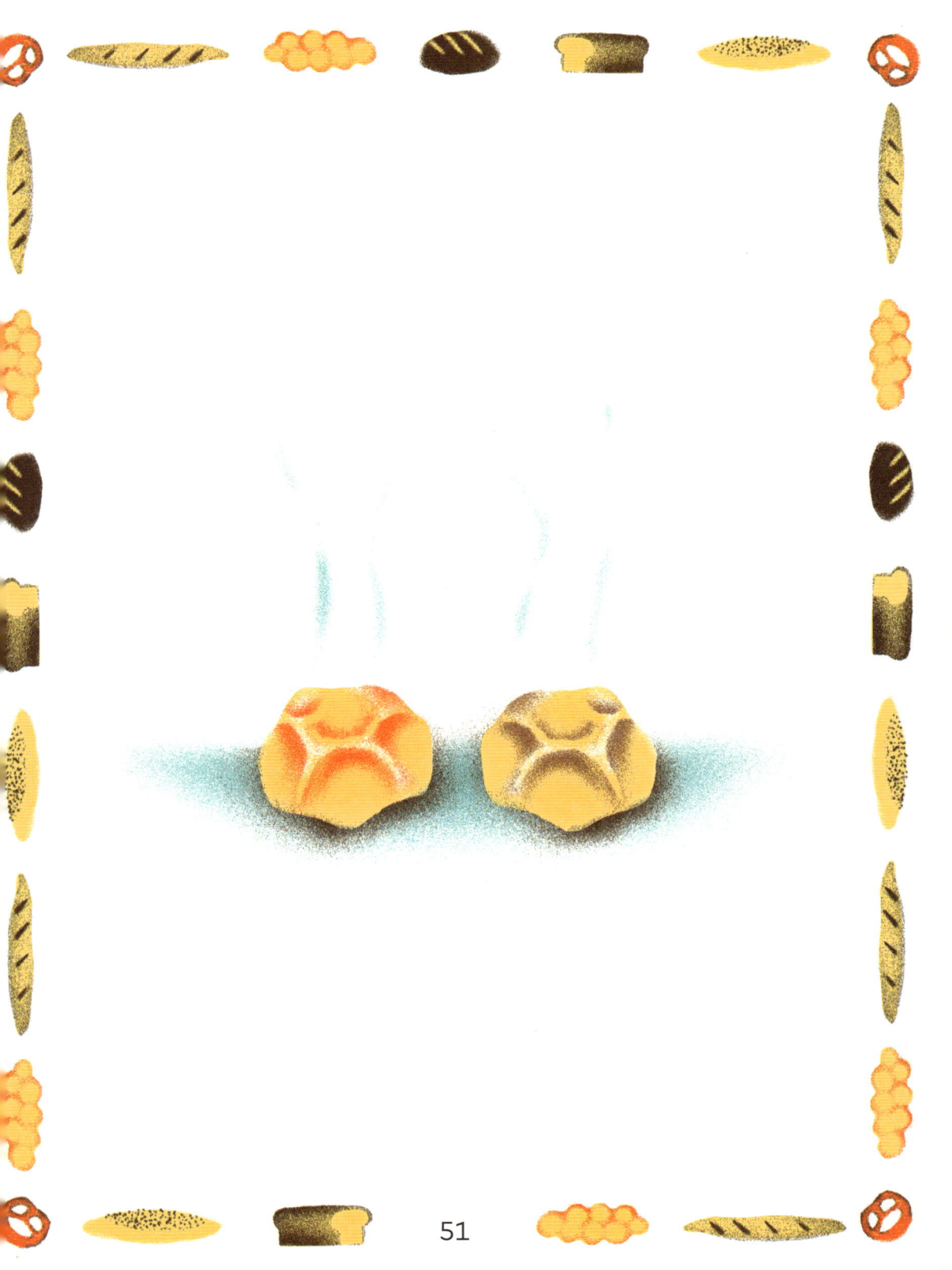

Qué quiero ser cuando sea grande

Una vez el profesor Grammaticus encontró, dentro de un viejo ropero, una caja con trabajos de sus alumnos. Cosas de hacía treinta años, de cuando trabajaba en otra ciudad como maestro.

«Tema: qué quiero ser cuando sea grande». Así decía en cada hoja, arriba del todo, junto al nombre del antiguo alumno. Eran veinticuatro nombres: Alberti, Mario; Bonetti, Silvestro; Caruso, Pasquale… El profesor Grammaticus buscó en su álbum la fotografía de aquel curso y se puso a unir los nombres con las caras.

—Sí, este debe de ser Arturo Zanetti. ¿Y si es Rinaldo Righi? No, no los recuerdo bien, pobres chicos.

Guardó la fotografía y empezó a leer las páginas amarillentas, aquí y allá, sonriendo con cada error de ortografía. ¿Qué importancia esperan que tenga ahora un punto olvidado hace treinta años?

«Cuando sea grande, quiero ser piloto –había escrito Mario Alberti–. Con la ilusión de volar algún día, colecciono las fotografías de los modelos de avión que salen en los diarios y me paso el día mirándolas y soñando con mi futuro…».

En realidad, el bueno de Mario había escrito *soniando*, con una *i* de más y una *ñ* de menos.

—Ojalá que esa *i* no le haya impedido cumplir sus sueños —suspiró el profesor.

[de *Il libro degli errori*]

En la playa de Ostia

A unos pocos kilómetros de Roma está la playa de Ostia y en verano los romanos van allí a miles. En la playa no queda espacio ni para cavar un foso con la pala y el que llega el último no sabe dónde plantar la sombrilla.

Una vez apareció en la playa de Ostia un hombre extravagante, realmente ingenioso. Llegó el último, con la sombrilla bajo el brazo, y no encontró lugar para plantarla. Así que la abrió, le hizo un ajustecito al mango y enseguida la sombrilla se elevó por los aires, sobrevoló miles y miles de sombrillas y fue a instalarse justo a la orilla del mar, pero dos o tres metros sobre las demás sombrillas. El excéntrico señor abrió su tumbona y esta también flotó en el aire; se acostó a la sombra de la sombrilla, sacó un libro del bolsillo y se puso a leer, respirando el aire de mar, que burbujeaba de sal y de yodo.

Al principio, la gente ni siquiera lo vio. Estaban todos debajo de sus sombrillas, tratando de vislumbrar un pedacito de mar por entre las cabezas de los que tenían delante, o haciendo crucigramas, y nadie miraba al cielo. Pero, de repente, una señora sintió que algo caía sobre su sombrilla y pensó que era una pelota; se levantó para regañar a los niños, miró a su alrededor, miró al cielo y vio al ingenioso

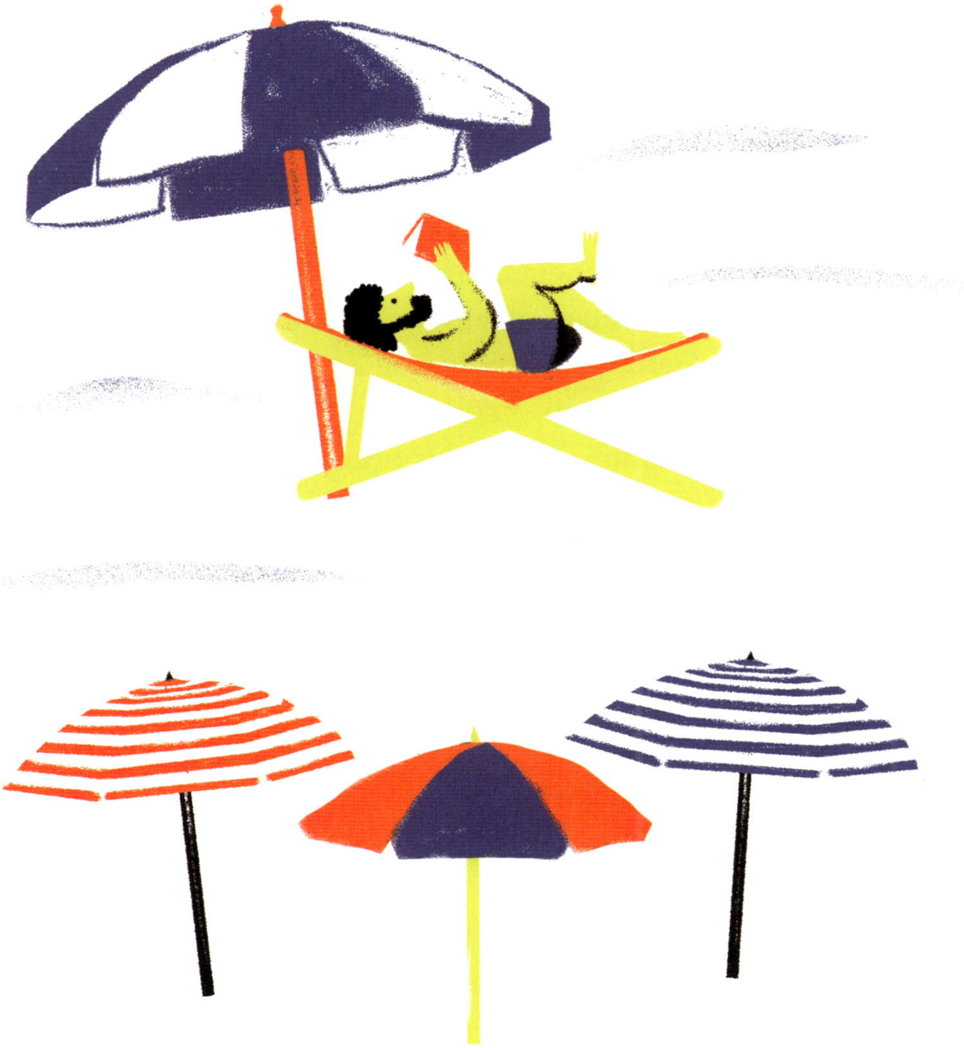

señor suspendido sobre su cabeza. El señor miraba hacia abajo y le dijo a aquella señora:

—Discúlpeme, señora, se me cayó el libro. ¿Sería tan amable de tirármelo?

La señora, de la sorpresa, se derrumbó sobre la arena y, como era muy gorda, no consiguió levantarse. Sus familiares acudieron para ayudarla, y la señora, muda, señaló la sombrilla voladora.

—Por favor —repitió el ingenioso señor—, ¿me podrían tirar el libro?

—¡Pero no se da cuenta de que ha asustado a nuestra tía!

—Lo lamento mucho, pero no fue a propósito.

—Y baje de una vez de allí, que está prohibido.

—De ningún modo, no había lugar en la playa y me vine aquí. Yo también pago mis impuestos, ¿sabe?

Uno tras otro, mientras tanto, todos los romanos de la playa se habían puesto a mirar el cielo y se reían del extravagante bañista.

—¡Mirad a ese —decían—, que tiene una sombrilla a propulsión!

—Eh, Neil Armstrong —le gritaban—, ¿por qué no me deja subir a mí también?

Un niño le lanzó el libro, y el señor lo hojeó nervioso para encontrar la marca, y luego se puso a leer de nuevo, resoplando. Poquito a poco, lo dejaron tranquilo. Solamente los niños, de vez en cuando, miraban al cielo con envidia, y los más valientes gritaban:

—¡Señor, señor!

—¿Qué queréis?

—¿Por qué no nos enseña a flotar por el aire así?

Pero él resoplaba y seguía leyendo. Al atardecer, la sombrilla salió volando con un ligero silbido; el ingenioso señor aterrizó en un callejón cerca de su motocicleta, se subió y se fue. Vete tú a saber quién era y dónde había comprado esa sombrilla.

[de *Favole al telefono*]

Palabras nuevas

Conozco a un señor que juega
a inventar palabras nuevas.
Por ejemplo, ha inventado
el gran *parapinceladas*,
para deshacer pinturas
que no están tan bien logradas.
Ha inventado el *sinsombrero*,
para los que nunca sienten
frío encima de la frente;
el *paranubes* y el *paraguaceros*,
para que el sol pronto salga,
y muchas otras palabras
de una gran utilidad
en el campo y la ciudad.
Ahora tiene la idea
de inventar *parapelea*,
que aleje a los conflictivos
y vuelva buenos vecinos
a los que son enemigos.

Igual ese sustantivo
le salió debilucho, no funciona.
Pero él no se desalienta,
todos los días lo intenta,
y seguro hallará tarde o temprano
la palabra que les traiga
paz a los seres humanos.

[de *Filastrocche lunghe e corte*]

La torre inclinada

El profesor Grammaticus fue a Pisa una vez, subió a la torre inclinada, esperó a que se le pasara el mareo y empezó a gritar:

—¡Ciudadanos de Pisa, amigos míos!

Los pisanos miraron hacia arriba y se alegraron:

—Ay, la torre se ha puesto a hablar y a dar discursos.

Entonces vieron al profesor, y escucharon el resto:

—¿Saben por qué se inclina su torre? Se lo diré. No hagan caso a los que hablan del hundimiento del sustrato y cosas similares. Hay, es cierto, un pequeño error en los cimientos, pero es completamente distinto. Los arquitectos de antaño no eran muy buenos en ortografía. Así que terminaron construyendo una torre que estaba en «ekilibrio» y no en «equilibrio». ¿Me explico? Ni un palillo podría hacer «ekilibrio» sobre una *k*, mucho menos un campanario. Aquí está la solución: inyectemos una pequeña dosis de *q* en los cimientos y la torre se enderezará en un instante.

—¡Jamás! —gritaron a coro los pisanos—. Torres derechas hay en cualquier esquina del mundo. La inclinada es nuestra y de nadie más, ¿y tenemos que enderezarla? Arresten a ese loco. Acompáñenlo a la estación y súbanlo al primer tren.

Dos guardias agarraron del brazo al profesor Grammaticus, lo acompañaron a la estación y lo subieron al primer tren: un coche regional con destino a Grosseto, que paraba cada dos por tres y tardaba medio día en hacer cien kilómetros. Así que el profesor tuvo tiempo para reflexionar sobre la ingratitud humana. Se sentía vencido, igual que Don Quijote después de pelear contra los molinos de viento. Pero no se desanimó. En Grosseto estudió las coincidencias entre ambos y volvió a Pisa a escondidas, decidido a darle una inyección de q a la torre inclinada, a pesar de los pisanos.

Esa noche, por casualidad, había salido la luna. (Bueno, por casualidad no, había salido porque tenía que salir). A la luz de la luna la torre era tan hermosa, se inclinaba con tanta gracia, que el profesor se quedó ahí cautivado, contemplándola, mientras pensaba: «¡Qué hermosas son, a veces, las equivocaciones!».

[de *Il libro degli errori*]

El ladrón de erres

Hay quien, hay quien acusa
al aluvión de primavera,
al peso de ese gordinflón
que viajaba por carretera:

a mí no me sorprende
que el puente se haya desplomado,
porque lo habían construido
a base de hormigón «amado».

Debería haber sido
«armado», está clarito,
pero con la *r* siempre
alguno cae en el delito.

El hormigón sin *r*
(o con la *r* floja)
tiene el pilón caído
y la arcada muy fofa.

En conclusión, el puente
se derrumbó sin pala o pico,
y el ladrón de las erres
terminó haciéndose rico:

se pasea por la ciudad,
va al mar cuando es festivo,
y en su bolsillo tintinean
todas las erres que ha cogido.

[de *Il libro degli errori*]

La ensalada errada

El profesor Grammaticus
entró en el restaurante
y le ordenó al camarero
una ensalada abundante:

—Ensalada con endivia,
con lechuga, con albahaca,
con apio, con achicoria
y dos hojas de espinaca,

y también medio tomate,
y cebolla, si quedó;
traiga la sal y el aceite,
así la aderezo yo.

Y el brillante profesor,
con el tenedor en mano,
se disponía a probar
el plato vegetariano.

Pero todo su apetito,
después del primer bocado,
en una mueca de espanto
terminó transfigurado.

Miró mejor la botella
y por poco no enloquece:
¡lo que le habían traído
era un «ASEITE» con *s*!

Se fue de aquella cantina
ofendido y descontento:
las faltas de ortografía
no son un buen condimento.

[de *Il libro degli errori*]

Tomás, el infeliz

Y así empieza la canción
de Tomás, el infeliz,
que se entretenía mirando
la punta de su nariz.

De la mañana a la noche
a su nariz estaba atento:
la protegía de la lluvia,
con calor le daba viento;

si una mosca, por ejemplo,
se le acercaba volando,
le gritaba: «¡Fuera! ¡Lejos!
¿Por qué no te vas zumbando?».

El final de su nariz
para él era el fin del mundo:
no llegaba más allá
su ojo meditabundo.

Y entre tanto meditaba,
sucedió el siguiente hecho:
su casa se vino abajo
y le cayó encima el techo…

Lo vendaron por completo,
terminó en la enfermería;
se lo escuchaba llorar
tanto en Austria como Hungría.

No lloraba por el techo,
el admirable Tomás;
la punta de su nariz
ya no la veía más.

[de *Il libro degli errori*]

¡Ayuda!

¿Saben o no lo que sucede?
La *u* del agua se esfumó hace un día.
Por evaporación, parecería.
Mientras tanto, explíquenme ustedes,
qué hacemos con el *aga*:
no se navega
ni lava las manchas,
no mueve la rueda
de molino
ni mece las lanchas.
Y lo más lamentable
es que el agua sin *u* ya no es potable.
¿Les cuento toda la historieta?
Resulta que es un *aga* seca.
¿Qué opinan? ¿Cómo haremos?
¡No me digan que de hambre moriremos!
Notifiquen al intendente,
al prefecto y al presidente…

O pueden agregar la letra evaporada,
que corregir no cuesta nada.

[de *Il libro degli errori*]

La tos del volcán Vesubio

En Nápoles está el Vesubio.
Tiempo atrás era fumador.
Pero tosía mucho.
Le dijo entonces el doctor:
—No fume más, se lo aconsejo.
—Sí, sí, doctor, ya lo dejo.

[de *Il secondo libro delle filastrocche*]

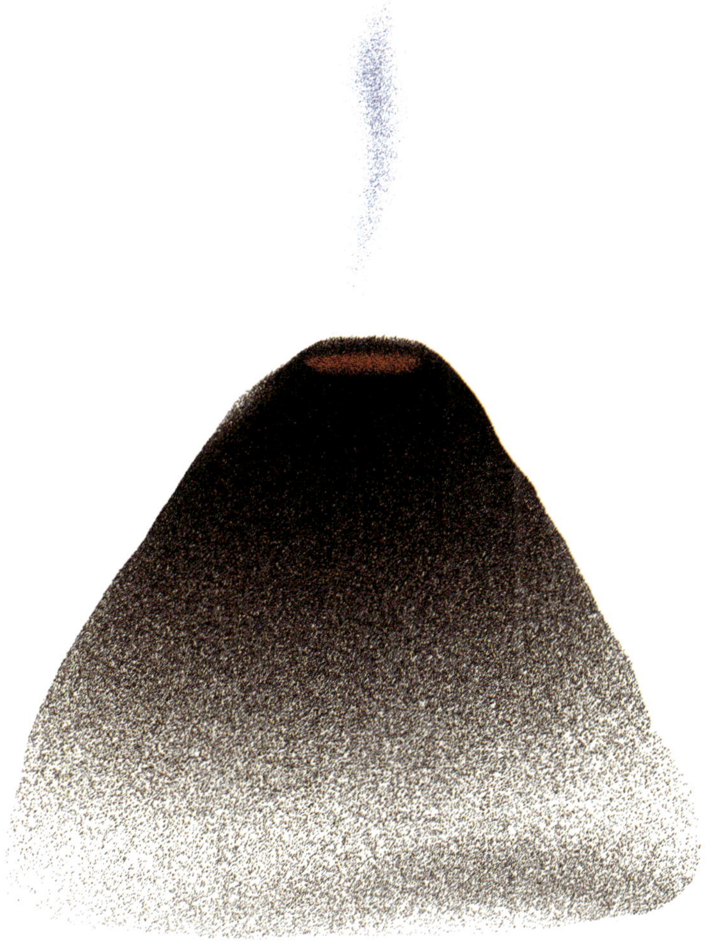

La casa del señor Wenceslao

Cuando uno menos se lo espera, levanta la cabeza y ve pasar la casa del señor Wenceslao a toda velocidad. La casa entera, del techo a los cimientos, te pasa por encima de la cabeza, balanceándose suavemente como un avión. La chimenea arroja un humo oscuro que se estira como el de las locomotoras. Debajo de la casa cuelgan sacos de carbón, botellas de vino, damajuanas viejas: o sea, la despensa del sótano. El señor Wenceslao, asomado a una ventana del primer piso, acaricia la pipa, pensativo, sin ver a nadie.

La gente mira hacia arriba y dice:

—El señor Wenceslao se ha vuelto loco. ¿Qué es esto de andar dando vueltas como si la casa fuera un avión?

—Deberíamos avisar a la policía —dice alguien—, porque el señor Wenceslao no tiene permiso de piloto, y podría causar un desastre.

La casa atraviesa el cielo en pocos minutos y desaparece detrás de la colina. Después de un rato, reaparece, cruza el cielo en la dirección opuesta, desciende y se detiene cerca del pueblo, a cien metros de la iglesia, o sea, donde la casa fue construida.

—Bueno —dice la gente—, el señor Wenceslao terminó su paseo.

Él sale a la ventana y fuma su pipa.

—Se le aflojó un tornillo de la cabeza —dice la gente.

Siempre da sus paseos por la tarde el señor Wenceslao. Uno está ahí charlando con él tranquilamente; él, sentado asomado a la ventana de la planta baja. De repente, se despide con la mano, la casa se despega de los cimientos silbando despacio y se eleva al cielo. Da dos o tres vueltas al campanario, y después se dirige hacia las colinas. En el fondo, todos le tenemos un poco de envidia al señor Wenceslao y contemplamos con tristeza nuestras casuchas, que están siempre inmóviles a la orilla del camino, como botes a la orilla del río, pero como botes que nunca cruzarán la corriente.

[de *Prime fiabe e filastrocche*]

Excelente más dos

—¡Socorro, socorro! —grita huyendo un pobre Diez.

—¿Qué? ¿Qué te pasa?

—¿Cómo, no lo veis? Me está persiguiendo una Resta. Si me alcanza, es el fin.

—Rápido, que llega el fin…

Dicho y hecho: la Resta atrapa al Diez, le salta encima dando estocadas con su afiladísima espada. El pobre Diez pierde un dedo y después otro. Por suerte para él, pasa un coche extranjero de largo, la Resta se da la vuelta un segundo para ver si vale la pena acortarlo, y entonces el Diez logra escaparse y desaparece tras un portón. Pero, así y todo, ya no es más un Diez: es solamente un Ocho y, para colmo, le sangra la nariz.

—Pobrecito, ¿qué te hicieron? Te peleaste con tus compañeros, ¿no?

Piedad, sálvese quien pueda: la vocecita es dulce y compasiva, pero su dueña es la mismísima División en persona. El desafortunado Ocho murmura: «Buenas noches», con un hilo de voz, y trata de seguir caminando, pero la División es más rápida y con un solo tijeretazo, ¡zas!, lo corta en dos: Cuatro y Cuatro. Se mete uno en el bolsillo, pero el otro aprovecha para huir, sale corriendo a la calle, se sube al tranvía de un salto.

—Hace un minuto era un Diez —llora— ¡y ahora miradme! ¡Un Cuatro!

Los alumnos se alejan enseguida, no quieren saber nada de él. El conductor del tranvía rezonga:

—Ciertas personas por lo menos deberían tener la decencia de ir a pie.

—¡Pero no es mi culpa! —grita, entre lágrimas, el antiguo Diez.

—Claro, la culpa es del perro. Todos dicen lo mismo.

El Cuatro se baja en la primera parada, rojo como un sillón rojo.

Y ahí hace otra de las suyas: pisa a alguien.

—¡Discúlpeme, señora, por favor!

Pero la señora no está ofendida; es más, sonríe. Bueno, bueno, bueno, ¡pero si es nada más y nada menos que la Multiplicación! Tiene un corazón así de grande y no soporta ver triste a la gente: multiplica inmediatamente al Cuatro por tres, y el resultado es un magnífico Doce, listo para contar una docena entera de huevos.

—¡Viva! —grita el Doce—. ¡Estoy aprobado con excelente! Excelente más dos.

[de *Favole al telefono*]

Tanto sufrimiento para nada

Un buen señor de Cesena o de Gallarate soñó durante muchos años con obtener algún título. Finalmente, por medio de poderosas recomendaciones, consiguió que lo condecoraran caballero.

Pero imaginaos la desilusión y el dolor que sintió cuando le llegó el título y descubrió que lo habían nombrado… «cabayero» con *y*.

—¿Qué hago yo con un título errado? —se quejaba el señor delante de su familia—. La gente se burlará de mí.

La gente tenía otras preocupaciones. Pero aquel buen señor de Avellino o de Montepulciano no tuvo paz hasta que le confesó sus penas al poderoso que lo había recomendado.

—Tomaremos medidas de inmediato —lo consoló el poderoso—. Te haré nombrar oficial.

Se difundió la noticia. Todos corrían a felicitar al condecorado.

El título llegó en un paquete sellado con lacre.

Le temblaban las manos al buen señor de Luino cuando abrió el paquete y… cayó al suelo desmayado.

¡Pobrecito! Lo habían nombrado «ofisial», con *s*.

Su mujer, después de tirarle casi un balde entero de agua en la cara para reanimarlo, le dijo:

—No te pongas mal. Yo tenía un tío que era «jeneral» con *j*, pero nunca nadie se dio cuenta, y los soldados lo obedecían igual.

El «ofisial», sin embargo, no se consoló. Se le puso todo el pelo blanco y se le cayó una muela. La verdad es que algunas personas sufren y se desesperan por cosas que no valen la pena.

[de *Il libro degli errori*]

El señor Zeta

«¡Estoy solo por fin!»,
exclamó el señor Zeta,
y dejó al mundo entero
del otro lado de la puerta.
Hasta cerró con llave.
Encendió las luces,
encendió la televisión,
se acomodó en la silla
y, desde su televisor,
el mundo se volcó
en el suelo,
llenó la habitación, los muebles, los cajones.
Pero el señor Zeta dormía
y no pudo ver nada.

[de *Il secondo libro delle filastrocche*]

79

La tragedia de una coma

Había una vez
una pobre coma
que por culpa de un alumno
descuidado
terminó en lugar del punto,
tras la última palabra
del dictado.
Solita, la desdichada
debía aguantar la carga
de cien palabras pesadas,
algunas inclusive con acento.
Se murió y fue sepultada,
del terrible agotamiento,
bajo una cruz
de tinta azul
del maestro,
y en lugar de claveles, como el resto,
tuvo en conmemoración
un ramo de signos de exclamación.

[de *Filastrocche in cielo e in terra*]

81

El dictador

Un puntito diminuto,
arrogante e iracundo,
gritaba: «Después de mí,
¡sobrevendrá el fin del mundo!».

Las palabras protestaron:
«¿Qué le pasa, vive en Marte?
Piensa que es punto-y-final
y es solo punto-y-aparte».

Lo abandonaron en medio
de la página, colgando,
y un renglón más abajo
el mundo siguió girando.

[de *Filastrocche in cielo e in terra*]

El matrimonio Punto-y-coma

Había una vez un punto
y también una coma;
lo que era una amistad
terminó en casamiento:
un día se casaron
y vivieron contentos.
Al alba y al ocaso,
daban paseos juntos
siempre brazo con brazo.
«¡Qué pareja ideal!
—decían las personas—,
¡qué maravilla sin igual
el matrimonio Punto-y-coma!».
Así que en su presencia,
como señal de reverencia,
incluso las mayúsculas
se convertían en minúsculas,
y si, entonces, a alguna
inclinarse le da pereza,
la pluma del maestro
le corta la cabeza.

[de *Filastrocche in cielo e in terra*]

El signo de interrogación

Una vez había un signo
de interrogación,
dueño de un solo rizo
y muy preguntón,
que a toda la gente
cuestionaba permanentemente,
y si no escuchaba
la respuesta justa,
por los aires agitaba
su rizo como una fusta.
En un examen lo pusieron
al fin de un problema
tan complicado
que nadie acertó el resultado.
Como el pobrecito
tenía buen corazón,
de arrepentido terminó convertido
en signo de exclamación.

[de *Filastrocche in cielo e in terra*]

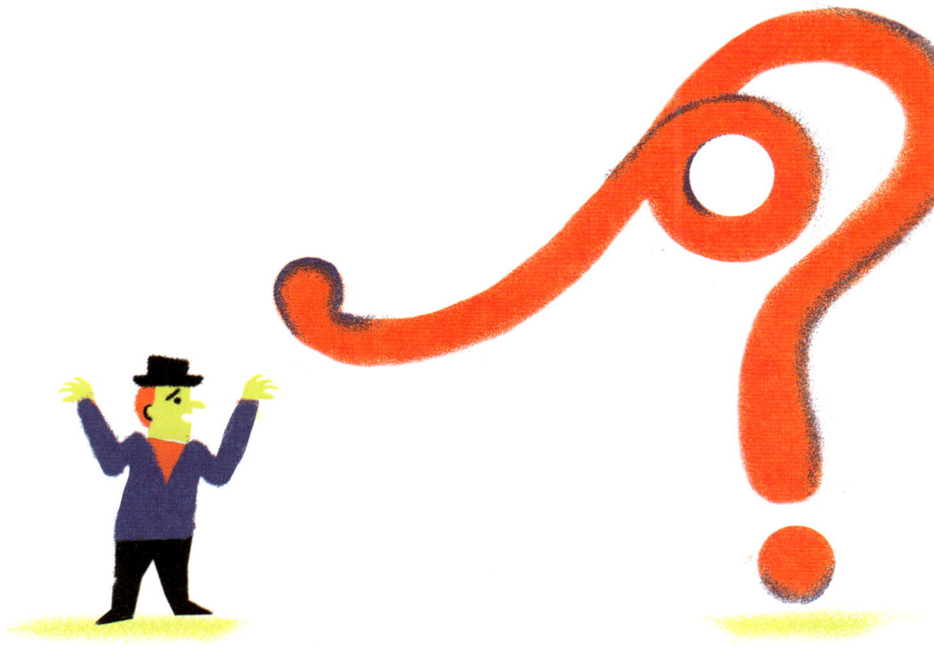

Por culpa de un acento

Fue por culpa de un acento
que un tipo de San Marino
caminó y caminó
sin encontrar el camino.

Por un error semejante,
un granjero de Alcalá
quiso cosechar en vano
las papas de su papá.

Ni hablemos de la tristeza
de aquel señor de Corfú
cuando, por falta de acento,
no cantó más su cucú.

[de *Il libro degli errori*]

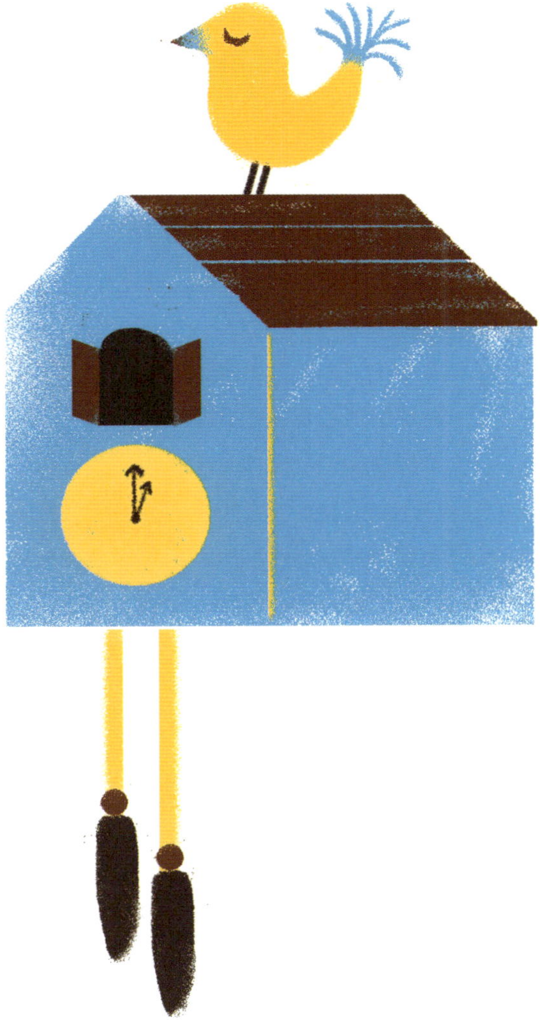

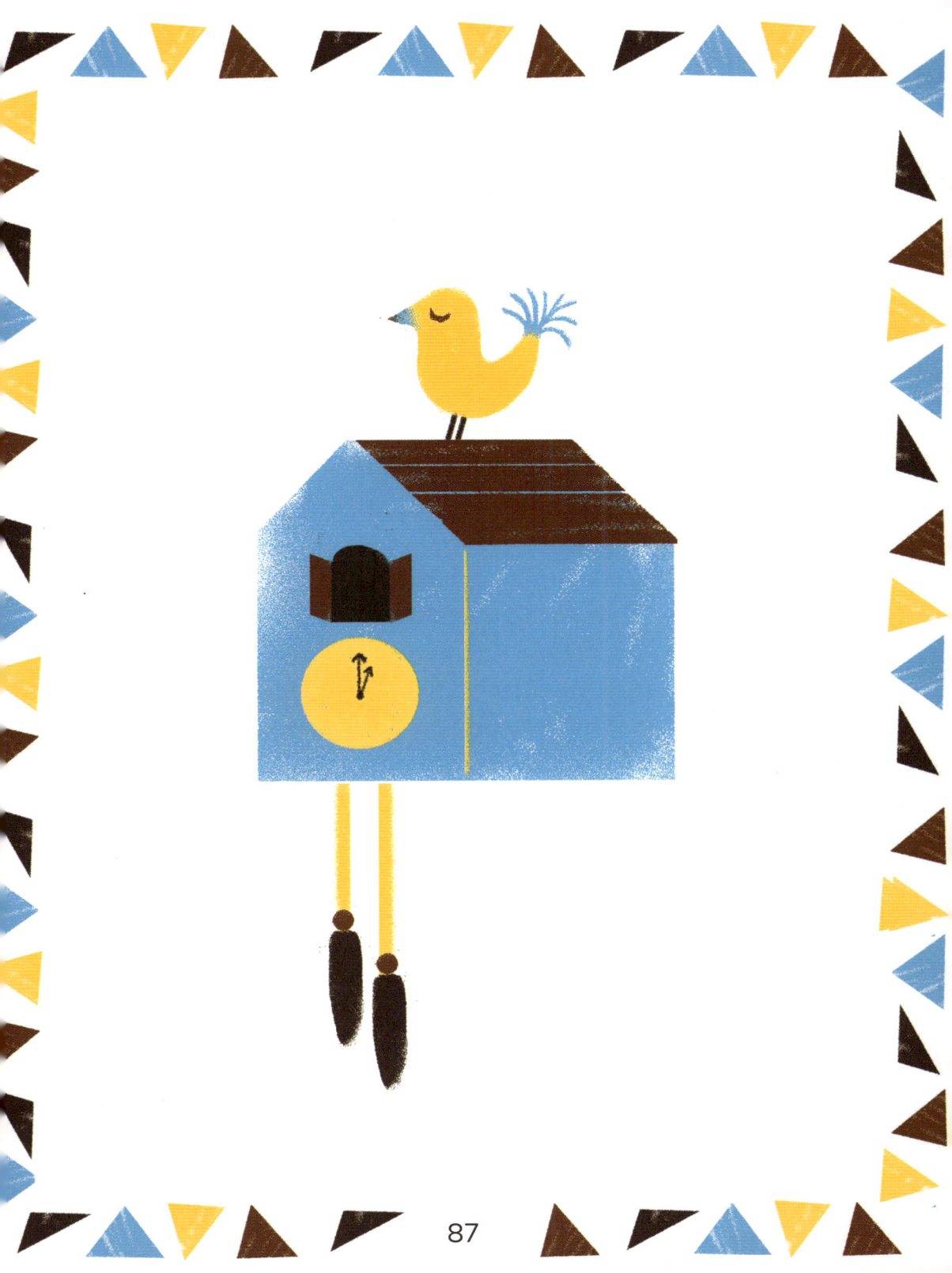

El caso de un paréntesis

Una vez había
un paréntesis abierto
pero un estudiante
se olvidó de darle cierre.
Por culpa de ese ignorante
el pobre cayó con fiebre,
y tosía
cada minuto del día.
Curado el padecimiento,
le encargó a un pintor
que escribiera el siguiente reglamento:
«El que me abre me cierra, por favor».

[de *Filastrocche in cielo e in terra*]

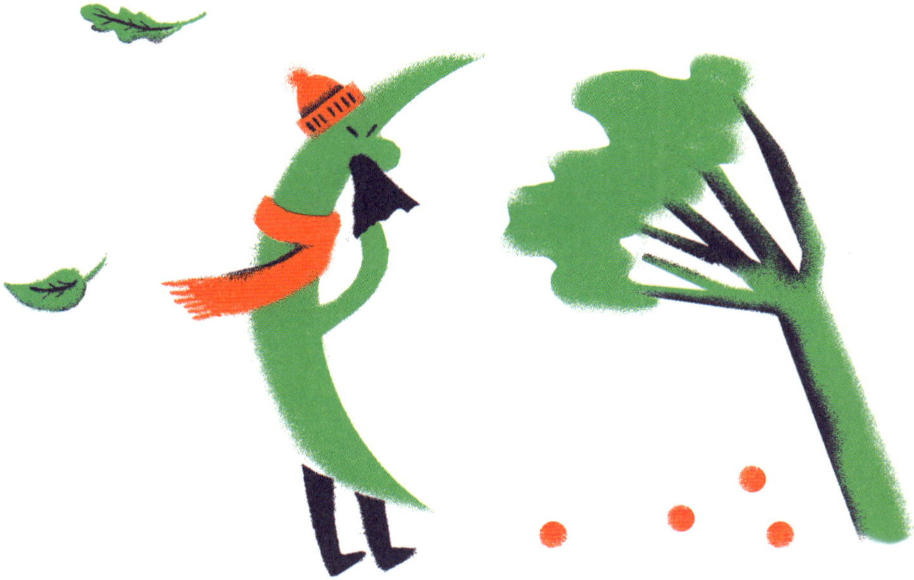

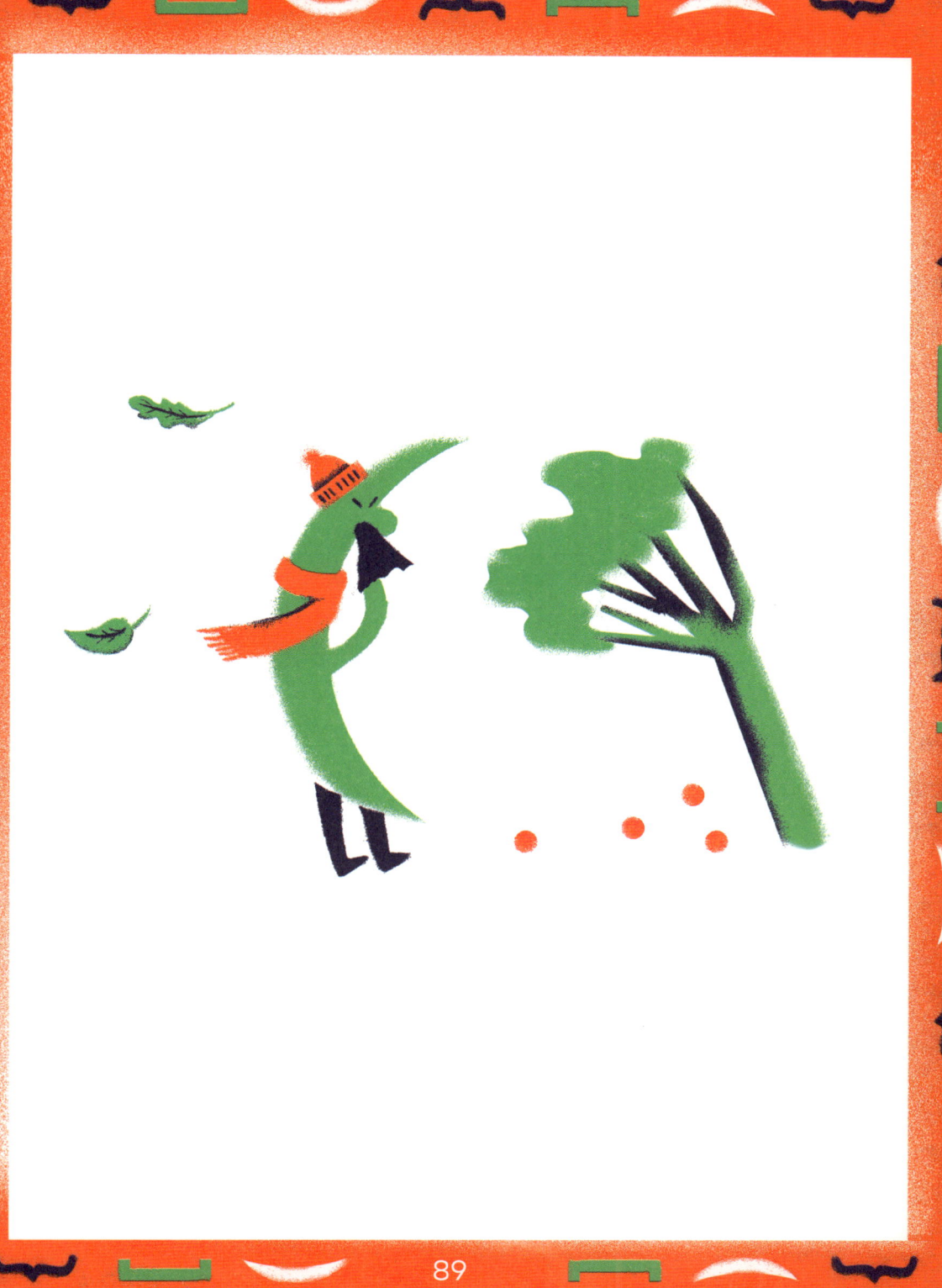

Lamento decimal

A la diestra de la coma,
la razón de nuestros males,
estamos, ¡ay de nosotros!,
los humildes decimales.

¿Números? No, ¡miguitas!
Si de a mil nos apilamos,
uno tras otro, no sirve,
a la unidad no llegamos.

Entre la tribu aritmética,
tan numerosa y variable,
somos los tipos más pobres,
nos tratan como indeseables.

Las centenas y decenas
nos dejan siempre de lado:
—¿Esos? Fragmentos, astillas,
restos, cosas que han sobrado…

Y si algún alumno borra
esa coma con ternura,
nos salva, pero él en cambio
se juega la asignatura.

[de *Filastrocche per tutto l'anno*]

Notas de la edición

[1] Florencia es una ciudad de la región de la Toscana, en el noroeste de Italia. Una de las características del dialecto toscano es, precisamente, la pronunciación de la *c* (cuando representa al sonido /k/) como si fuera una *h* aspirada o una *j*.

[2] El tranvía de Monza tenía varios recorridos. Algunos dejaron de funcionar hacia la década de 1960, o sea, cuando Rodari escribe este texto, pero hay uno, el de Milán-Monza, que funcionó algunos años más, es decir, que aún existía en el momento de la escritura del cuento.

[3] Las Marcas (en italiano *Marche*) es una región del centro de Italia. La ciudad de Macerata pertenece a esta región.

Aquí termina este libro
escrito, ilustrado, diseñado, editado, impreso
por personas que aman los libros.
Aquí termina este libro que has leído,
el libro que ya eres.

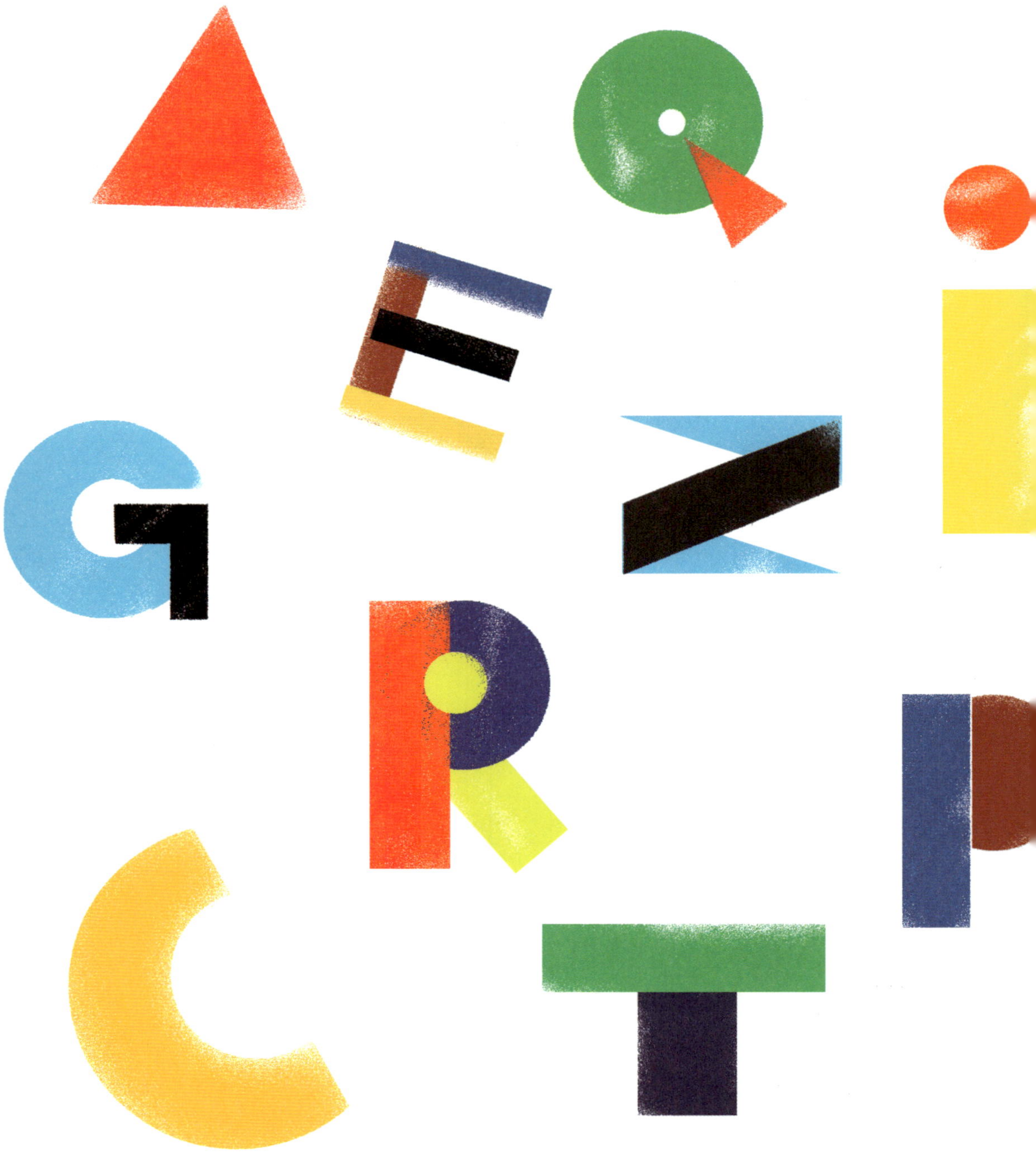